Le finestre dell'arte

Veronica Aquino

1° edizione NOVEMBRE 2021

NUOVA edizione OTTOBRE 2023

Progetto grafico a cura di:
MONTUORI ANTONELLA
alias **TINYANTO.ART**

Scritto da: **VERONICA AQUINO**

Copyright reserved

Seguimi su Instagram: **Artveronica_aquino**

Seguimi su facebook: **Artveronica Aquino**

Veronica Aquino, nasce a Torre Annunziata (NA) il 18/11/1988. Dopo la maturità in Arte Applicata, intraprende gli studi all'Accademia di Belle Arti di Napoli, indirizzo "Scenografia" alla triennale, specializzandosi poi nel 2018 in "Fotogiornalismo".

Frequenta un corso di Alta Formazione promosso dal Giffoni Film Festival, come "Autore di Cinema,TV e Web". Dopo la collaborazione con diversi studi fotografici come fotografa e ritrattista, diventa libero professionista in Fotografia, Pittura e Ritrattistica.

Nel 2019 partecipa al concorso di Pittura a cura di "Dantebus, l'arte oggi va subito lontano", che seleziona una sua opera dedicandole una recensione. Nel 2020 partecipa alla rubrica di "Altro Spazio D'Arte" con "L'artista racconta", rilasciando un intervista di presentazione. Nello stesso anno partecipa a due mostre "Riflessi di te" e "Alternative di vita e di pensiero", presso l'Art Saloon: Frames Art e Design di Ariccia (Roma). Nel periodo del LockDown partecipa con un video di presentazione, al videozine "L'arte resta in pigiama", creato da Nando Sorrentino.

A giugno 2022 partecipa alla serata di Premiazione dei Corti-Cultural Classic presso il Teatro di Palma Campania, con l'opera "*Rinascere si può*".

A luglio 2022 partecipa alla mostra "*Rinascere si può*" organizzata e curata da Nando Sorrentino curatore d'arte e dall'amministrazione comunale di Positano, con la partecipazione dell'artista napoletano Domenico Sepe.

A novembre 2022 partecipa nuovamente alla mostra collettiva d'arte, contro la violenza sulle donne promossa da Art Saloon: *Frames Art e Design di Ariccia* (Roma), allestita presso Ospedali dell'ASL Roma 6.

Nel 2023 realizza la copertina del libro "*Chiedi alle fiamme*", la raccolta dei Nottambuli curata dallo scrittore Stefano Regolo.

Prefazione

La Scienza ci dice che le percezioni olfattive sono quelle meno menzognere tra tutte quelle che colpiscono gli organi di senso, per di più capaci di sfidare e attraversare il tempo della nostra esistenza con ricordi anche molto antichi, ancestrali. Ma gli odori non sono solo profumi, ahimè! In fondo ci vuole coraggio per riuscire a immergersi e ad avere memoria degli olezzi del mondo; o non è una scelta? Forse no. Forse per alcune sensibilità non c'è altro destino: il cuore deve portare il peso delle sensazioni e dei ricordi, belli e brutti, propri e altrui, specialmente delle persone che si amano.

Nel cuore dell'uomo esistono fuochi che ardono, che alimentano le sue passioni e diventano occasioni di viaggio tra fogli, tele e arte in fermento.

"Le finestre dell'arte" è un viaggio nella profondità dell'artista, tra simboli, forme, sogni, visioni e realtà che si immergono nelle sue sfumature a colori e in bianco e nero. Un viaggio di esperienze; ha guardato negli occhi dell'umanità, passando nelle loro vite tra il bianco, il nero e il rosso, lasciando uno squarcio aperto alla sua ispirazione futura. Niente viene lasciato al caso, la sua è una sensibilità che si apre a nuovi orizzonti, porta con sé un carico di passato che spesso riaffiora in dipinti che rompono la tela del tormento, mentre in altre, rinascono le stagioni del cuore, si aprono finestre di nuovi profumi dell'anima, lasciandosi attraversare dalla bellezza del tempo che scorre. Il viaggio percorso in questo libretto, ci rende spettatori di un'arte realistica, diretta, fatta di immagini di un tempo presente e passato di un incontro diretto tra la mia emozione e quella dell'artista.

Non è uno scambio di riflessioni sull'arte, ma l'incontro tra me e l'artista; io metto un pezzetto di me nel suo cuore e l'artista le imprime con pennellate di colori. L'interazione tra due universi paralleli, favorisce spesso la migliore ricchezza interiore. Nel raccontare le sue esperienze, l'artista si è liberata delle sue limitazioni inconsce, ha dato libero sfogo alla sua passione, il suo aprire le ali all'arte, l'ha resa libera da quei pregiudizi che spesso ammorbano l'essere umano. Ma come ci si può liberare di cotanto fardello senza sentirsi continuamente sopraffatti e travolti? Il cuore esplode con impeto su qualunque sfondo gli capiti a tiro, vomita sulle tele la gioia, il dolore e tutto quanto avesse riempito il vaso di Pandora.

Probabilmente sì. Perché è ancora un cuore puro quello che cerca la speranza di salvezza, di amore, di assoluzione, di giustizia, di solidarietà, di gratitudine.

Questa è la sua impronta nell'arte, la traccia del suo vissuto, del suo vagabondare spesso alla ricerca di quell'incontro, a volte trovato a volte negato, che alla fine decide di esprimere nei suoi dipinti.

Nero, bianco e rosso, come "Uno, nessuno e centomila", racchiudono gli stati in cui la materia dell'anima si trasforma e si compiace, attraversando i canali energetici dell'Umanità. Mai fedele alla singola scelta tecnica, al materiale o al contesto che fa da sfondo; ma necessariamente e simbioticamente legata a lei, la Madre Arte. Quella bambina che sentii il profumo della sua mamma, intrufolarsi nel suo corpicino, non è più come quella famosa aquila che si credeva un pollo, si è resa conto di essere un'aquila libera di volare oltre i limiti del mondo. Non ha più bisogno di volare con gli stormi, perché le aquile non volano a stormi.

Bianca

1.I Ritratti

I palmi erano sudati, ma io continuavo a stringere forte la mano di mia madre, mentre avanzavamo verso il portone principale. Tenevo il capo chino, e percepivo i lineamenti del volto accartocciarsi in smorfie di apprensione, di inquietudine e di timore. Il sole del primo mattino lasciava trasparire quella brezza settembrina che solleticava la pelle, suggerendomi la sensazione inconsapevole di ritrovarmi di fronte a qualcosa di nuovo, qualcosa che la mia innocenza di bambina timida e introversa faticava ad accettare. D'un tratto, mia madre si fermò e sollevai il mento, permettendo alla vista di restare sbigottita verso la scena di un'orda di ragazzini urlanti, piangenti, alcuni che si spintonavano, altri che si rincorrevano, accompagnati dai genitori, in attesa.

Una voce femminile che reclamava considerazione, urlata attraverso un megafono, in cima alle scale, attirò la mia attenzione. Con la mano libera strinsi la spallina della cartella, e tornai a fissare i basoli degradati, mentre mia madre mi ripeteva che mancava poco; aumentai l'intensità della morsa alla sua mano. Non volevo che mi lasciasse, temevo che mi abbandonasse lì, schiacciata da quella folla caotica, mentre la mia mente si aggrappava alle parole che lei, pochi giorni prima, mi disse a riguardo delle elementari, spiegandomi che qualcosa sarebbe cambiato: bisognava lasciare il tempo del gioco, per dedicarsi allo studio.

Quando il mio nome fu assegnato alla sezione, mia madre avanzò verso l'entrata, oltrepassandola; salimmo le scale e la sensazione umida degli occhi mi parve infinita. Cercai di trattenermi, ma quando varcai la soglia di quell'aula piccola, riempita con tanti banchetti allineati, dietro ai quali figure in bianco e altre in blu mi fissavano, fui assalita da un pianto incontrollabile.

Papà Giuseppe, matite su cartoncino

Sorella Rosanna, matite su cartoncino

Mi aggrappai al braccio di mia madre, soffocando il viso contro il suo ventre, supplicandola di non andare via.

Con un movimento docile si accovacciò, posandomi le mani sulle spalle; mi sussurrò qualche parolina per farmi calmare, e quando ottenne la mia completa attenzione, tirò fuori dallo scollo del seno un fazzoletto di stoffa a fiorellini rosa e blu; me lo porse sorridendomi, e invitandomi a sentirne l'odore. Lo portai alle narici: il profumo della mamma si intrufolava dentro, concedendomi il conforto che cercavo.

Mia madre mi lasciò il suo fazzoletto affinché io potessi avere sempre qualcosa di lei con me, al quale attaccarmi nei momenti di necessità.

Un gesto, un simbolo, emozione e sentimento che mi permisero di trasformarlo nel primo seme per quello che oggi è il mio orto fatto di colori e di linee e di stati d'animo, dal quale raccolgo ancora i frutti per poterli offrire a chi ne ha bisogno, proprio come mia madre fece con me attraverso la sua pezzuola. Raccontare me stessa partendo da un ricordo d'infanzia, per accennare a quell' angolatura governata dall'arte. Una bellezza di getto e riflessiva nel contempo, basata molto sull'inconscio, sugli stati d'animo ed emotivi, che si ramifica in diverse direzioni e maturata nel tempo. Aver quasi raggiunto il traguardo dei trent'anni ed essere un artista.

Cosa significa?
Immortalare l'anima su tele o fogli di giornale o altro, attraverso l'uso di matite, pennelli e vari strumenti; rifugiarsi nella creatività per potersi concedere una pausa dal mondo; voler trasmettere un messaggio dal sapore solidale, traboccante di ardore; concepire l'arte come terapia per guarire dalla vita, da un passato di varie lotte; ricorrere all'originalità spontanea quando si avverte l'esigenza di volersi liberare dall'ansia, dalla paura.

Elementi che mi consentono di valorizzare l'arte, diventata per me unica forma di fedeltà. Con un luccichio negli occhi, sovrano di una commozione improvvisa, la mia mente ritorna al preciso istante in cui mi resi conto di essere attratta da tanta bellezza, e dalle sensazioni positive di quando ero insieme a lei.

La pioggia picchiava i vetri della finestra, occhio ciclopico di un'aula piccola e angusta, dove era stipata una griglia di banchi, di sedie e di ragazzini sul ciglio della pubertà. Attendevamo la professoressa di educazione artistica, con la sua tracolla in pelle marrone, con i suoi occhiali dalla montatura di colore rosso, dalla quale pendeva una catenella della stessa tonalità in acciaio di perline che urtava contro gli orecchini, producendo un tintinnio quasi fastidioso.

«*Ragazzi*» disse la prof., interrompendo la nostra confusione quando la sua esile figura oltrepassò la porta «oggi avete libertà d'espressione. Disegnate ciò che vi pare» concluse, posando la tracolla sulla cattedra e spostando la sedia.

Seguirono scampoli di silenzio che ci costrinsero a guardaci l'un l'altro, stupiti. La professoressa di educazione artistica, fin dal primo anno di medie, ci aveva sempre guidati, reclamando il suo ruolo di insegnante, imponendo esercitazioni schematiche e spiegazioni teoriche dalla forma limitata; e ritrovarci liberi in quell'ultima ora delle lezioni ci parve un sollievo.

Nonna Lucia, matite su cartoncino

Sposi, matite su cartoncino

Al contrario di alcuni miei compagni, io amavo il modo di inse- gnare della prof. di educazione artistica. Era come se in quel suo schema di forme e di colori costretti ci fosse una prospettiva fuori dal comune che, però, all'esterno, sembrava assomigliare a tante al- tre, ma che, in realtà, con un occhio più analitico, si poteva scorgere un tocco di eleganza e di originalità.

Tirammo fuori gli album bianchi e le matite. E in quel gesto, una vibrazione improvvisa mi accalappiò lo stomaco, portandomi a una sensazione di vertigine, vicina all'eccitazione per la libertà che ci era stata concessa. Non ero cosciente delle mie doti artistiche, ma alcuni accenni mi vennero dati dalla stessa prof. che mi incitava a fare ancora di più, dicendomi che il talento andava allenato.

Osservai il contorno che si presentava: teste, occhi, visi, busti, movenze, oggetti, colori, forme. Elementi che si accatastavano sul cumulo di sensazioni, sentimenti e stati d'animo che mi procuravano.

Gli occhi si fermarono sulla figura grassoccia di un mio compagno, seduto due banchi avanti, alla fila di destra; aveva la matita posata sul mento e lo sguardo rivolto verso l'alto, come a invocare disperatamente un estro che non voleva saperne di arrivare. Ispirazione che, tuttavia, giunse sul mio foglio sotto le fattezze dello stesso mio compagno di classe, che a mano a mano riportavo in modo naturale, mentre quella vibrazione di poco prima aumentava d'intensità spingendomi a una fase di estasi in cui non esisteva altro che il foglio, la matita e l'immagine che nasceva.

Tornata a casa, soddisfatta e sorpresa nel contempo, mostrai il mezzo disegno ai miei genitori che si dichiararono contenti; stato incitato dalla gioia che lasciavo trasparire dal mio parlare veloce e dai miei atteggiamenti incalzanti.

Ero seduta al tavolo in cucina, mia madre armeggiava con la moka e mio padre era seduto di fronte a me. Raccontavo la mia giornata, le sensazioni ricevute da quell'ora – così breve – di educazione artistica, quando mio padre si alzò lentamente e scomparve nell'altra stanza. Lo seguii con lo sguardo il tempo di un battito di ciglia, poi ritornai a offrire l'attenzione a mia madre che, intanto, annuendo, aveva messo su il caffè. Mio padre rientrò in cucina quando il borbottio della caffettiera si soffocò, e mi porse due piccoli ritagli in cartoncino che ritraevano lui da piccolo e la nonna Lucia da piccola, in bianco e nero. «*Riesci a fare questi due ritratti?*» chiese, incollando lo sguardo al mio. Accettai le foto e iniziai a studiarle. Gli occhi della mente già disegnavano sul foglio immaginario quei lineamenti infantili, quelle vesti d'altri tempi, e nonostante non vi fossero colori, riuscivo a vedere un caleidoscopio di tonalità che mi accendevano i sensi, smuovendo qualcosa all'interno che andava ben oltre la semplice vibrazione.

Corsi in camera, chiudendomi la porta alle spalle. Una smania che sapeva di rivoluzione prese a mordermi i sensi; il pensiero che avrei dovuto rendere mio padre orgoglioso di me, mi spinse a gettare lo zaino sul letto e a sedermi, fulminea, alla scrivania. Accesi la lampada e tirai fuori dal cassetto il mio album da disegno formato A4 e la matita, accanto gli posizionai la foto di mio padre da piccolo e sopra

quella di mia madre da piccola. Cominciai dalla prima: uno sguardo al bambino e due sguardi al foglio.

Linee, curve, ovali, cerchi, tratti allungati, cancellature, mano decisa. Ero come sospesa in un vuoto fatto di estro, emozioni e sagome, dove niente e nessuno poteva trascinarmi via, farmi svegliare da quello stato di grazia in cui riuscivo a sentirmi libera di essere me stessa.

Marco Mengoni, matite su cartoncino

Dopo qualche ora, mia madre cominciò a chiamarmi per la cena, ma io fingevo di non sentirla. Avevo quasi terminato, e non riuscivo a staccarmi da quei ritratti, da quella sensazione di serenità e di sicurezza che provavo.

Quando l'ultimo dettaglio fu al suo posto, alzai la punta della matita, ormai sciupata, e lasciai che i miei occhi rimbalzassero da un ritratto all'altro. Gli angoli delle labbra si allungarono verso le orecchie, mentre l'impazienza di mostrarli a mio padre cominciava a farsi strada dentro. Mi alzai e raggiunsi la cucina dove i miei genitori e le mie sorelle contornavano il tavolo; mi avvicinai a mio padre e gli misi davanti i fogli.

Le sue mani tremanti che tenevano i fogli, gli occhi luccicanti e la curva della bocca all'insù furono fonte di soddisfazione per me, perché mi resi conto che fui in grado di realizzare il desiderio di qualcuno che amavo; e ciò mi portò a concepire l'idea di essere un contenitore di sorrisi, in cui le persone da me potevano avere un desiderio realizzato e io, in cambio, avrei avuto un sorriso.

Iniziato come un gioco, ritrarre è diventato un lavoro per me, oggi. Ma, forse, dovrei essere più specifica e affermare che è divenuto il mio secondo lavoro. Sin da quando mi scrissi all'Accademia di Belle Arti, ho svolto diverse mansioni per mantenermi gli studi, dal momento che i miei genitori, papà imbianchino e mamma sarta, hanno avuto sempre alti e bassi, e io non sono mai stata il tipo da chiedere laddove non era possibile ricevere. La mattina sono collaboratrice domestica e, a volte, baby-sitter, mentre nel pomeriggio mi dedico ai ritratti su commissione.

Purtroppo non è possibile poter vivere di arte, nel senso economico del termine intendo. Sono dell'idea che l'arte abbia ricevuto una forte batosta, e mi riferisco a tutte le figure che rivestono il ruolo di artista; siamo una categoria molto delicata a cui non viene osservata la giusta tutela, come si dovrebbe. Spesso mi sono imbattuta in persone che credono che il nostro sia solo un lavoro astratto, di divertimento, privo di basi solide, e tale concetto porta al fattore compenso dove chi non è del mestiere, cerca di sminuirlo svalutando la cifra doverosa. Altri, invece, per fortuna, sono consapevoli dei sacrifici e delle difficoltà che si riscontrano in tale attività, soprattutto per quanto riguarda il costo dei materiali, e sono capaci di concedere il giusto valore. Dal canto mio, nonostante il doversi confrontare con le persone e le loro idee divergenti, il dover stringere la cinghia per potersi permettere i materiali, e la paura di non essere all'altezza, continuerò a creare arte, perché dietro di esse si nasconde un'esigenza. Mi abbandono completamente a essa, poiché rappresenta il mio porto sicuro, e il fatto di essere mancina mi stimola ancora di più. Operare con la mancina mi fa sentire speciale, e l'ho sempre visto come un dono da condividere con altri attraverso le mie opere, un dono capace di stupire, di esprimere la bellezza in tutta la sua profondità. Trovo che qualunque supporto, dalla tela al cartonato, dal foglio al cartellone eccetera sia uno specchio in cui tutti possono guardarsi, e potersi soffermare in superficie o lasciarsi pungere dall'emozione.

Può sembrare strano, ma quando realizzo un ritratto ciò che mi interessa è l'espressione del committente. Nello stesso istante in cui scarto l'involucro protettivo e mostro il ritratto, punto subito lo sguardo sul viso dell'altra persona interrogandomi sulle sue sensazioni; e quando mi rendo conto di aver appagato la sua volontà, tutte le inconvenienze di questo mestiere scompaiono. Ho sempre definito il mio lavoro mediante una parola chiave: profondità. Una profondità, però, vista attraverso una prospettiva figurativa dove si va incontro all'ambito dell'interiorità personale, lasciando emergere quel senso di totalità, di completezza, di assolutezza.

Ed è questa intimità spirituale che desidero le persone ricevano dalla mia arte. Io creo per donare; lo spettatore può immedesimarsi, rispecchiarsi negli stessi simboli ricercati da me, o ricrearne altri. A tal proposito, mi viene naturale riprendere le parole di Edvard Munch quando affermò: *"Attraverso l'arte cerco di vedere chiaro la mia relazione con il mondo, e se possibile aiutare anche chi osserva le mie opere a capirle, a guardarsi dentro."*

Non è, forse, così? L'arte è uno specchio che riflette la tua essenza, le tue membra, il tuo spirito, tutto il tuo essere e serve a guardarsi dentro per relazionarti con il mondo. L'arte può essere terapeutica, tira fuori delle emozioni rimosse, ti permette di capire e di costruire meglio la tua identità.

Sonia Mosca, pastelli e penne su carton

Edvard Munch ha influito molto sulla mia arte. Me ne innamorai alle superiori, quando la professoressa di storia dell'arte ci spiegò le sue opere più famose e io ne rimasi affascinata. Per qualche strana ragione volevo saperne di più, e così cercai da altre fonti più informazioni, lasciando che la sua storia travagliata mi colpisse profondamente.

"L'urlo", "Pubertà", "Separazione", "Malinconia", "La madre morta e la bambina", "Vampiro", opere in cui mi rivedo e che hanno quasi tutte lo stesso filo conduttore fatto di lutto, di dolore, di tormento, di abbandono, di amore e di passione. L'associazione dei colori creata da Munch è in grado, tutt'ora, di colpirmi in modo
particolare.

Il rosso gli riportava alla mente la malattia di sua madre morta di tubercolosi, stessa cosa per la sorella, e più tardi ancora per la scomparsa del padre. Una tonalità accesa seguita dal nero, dal violaceo contrassegnati da una cavernosa lacerazione interiore che lo indussero alla decisione di non formare mai una propria famiglia.

Può sembrare assurdo, ma è proprio quest'ultimo punto che mi offre uno spunto di riflessione sulla condizione di alcune donne che, dopo aver conosciuto vari dolori della vita, si ritrovano in una fase dove è necessario ricominciare da se stesse, per poter partorire nuovi progetti sentimentali o professionali. E anche io mi inserisco all'interno della cerchia di queste donne, rifacendomi molto a Munch per quanto riguarda il mio essere artista. La malinconia che traspare dalla sua storia, sembra aggrapparsi al mio senso di inquietudine nato da esperienze di vita che, ahimè, mi hanno portato a isolarmi per certi versi e a dover tenere strette le redini della mia sensibilità. Munch era molto legato a sua madre, nonostante fosse morta quando lui aveva solo cinque anni.

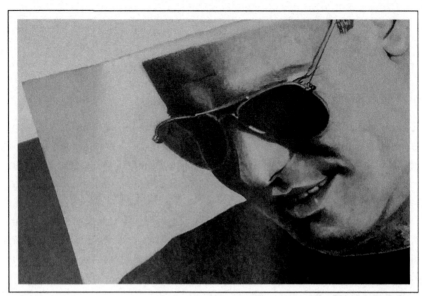

Gigi D'Alessio, matite su cartoncino

E questa sua perdita, cicatrice di vita, mi ricorda molto quella di mia madre, la quale ha perso anch'essa la madre a soli quattro anni. Mia madre la ricorda vagamente; eppure riesce a sentirne a pieno l'amore materno che le è mancato. Ancora oggi mi racconta che, di tanto in tanto, nelle notti più buie, si affaccia alla finestra e volge lo sguardo al cielo: la stella più luminosa è il suo pensiero. E forse ciò è dovuto al fatto che la cerca nelle piccole cose quotidiane, un po'come Munch stesso ha ricercato la sua nei colori tenebrosi delle tele, riportandola in vita attraverso forme pre-espressionistiche.

Io, invece, lascio che sulle mie tele si mescolino emozioni personali e le sensazioni di chi le osserva, o di chi mi commissiona i ritratti, dai quali ricevo davvero molto; tante volte, chiusa nella mia stanza, con le note di Franco Battiato sullo sfondo, resto a fissare il rettangolo bianco, la mano che impugna la matita è a mezz'aria pronta ad accarezzare la tela, ma in testa mi ritornano vivide le espressioni dei volti di chi riceve i miei ritratti, e gli angoli della bocca si stendono.

Ricordo ancora gli occhi lucidi di commozione di una madre, la qua- le mi commissionò il ritratto di sua figlia nel giorno dei suoi diciotto anni. Un disegno in bianco e nero dal quale traspariva l'eleganza e la felicità della giovane ragazza con quel suo abito lunghissimo.

Nel 2009 realizzai il ritratto di una coppia di sposi. Uno studio fotografico, affascinato dal mio disegno così reale, lo espose in 18 vetrina, e quando, passando di lì per caso, me ne accorsi, restai esterrefatta: tutti potevano incontrare la mia arte. Nel 2013 realizzai dei ritratti-dipinti in un asilo. Disegnare sui muri i personaggi dei cartoni animati, e constatare la meraviglia dei bambini mi rese davvero soddisfatta.

Altra sensazione di appagamento mi venne data dai sorrisi e dai gridolini di gioia di Sonia Mosca, vincitrice del programma *"All togheter now"* e da Angela Procida, campionessa di nuoto, quando videro i loro lineamenti incisi su dei cartelloni per mano mia.

Realizzare ritratti per altre persone mi rende felice. Può sembrare banale aggrapparsi nuovamente a Munch, ma credo che le sue parole riescano a sintetizzare al meglio ciò che provo: "Si dipingeranno esseri viventi che respirano e sentono, soffrono e amano. Sento che lo farò, che sarà facile. Bisogna che la carne prenda forma e che i colori vivano."

Alessandro Cuomo, pastelli e penne su cartonci

Genny Manzo, pastelli e penne su cartoncino

Angela Procida, pastelli, penne e tempere su carton

Raoul Bova, matite su cartoncino

Marco Bocci, matite su cartoncino

Stash, matite su cartoncino

Rosario Miraggio, matite su cartoncino

Anna Tatangelo, matite su cartoncino

Anna Tatangelo, matite su cartoncino

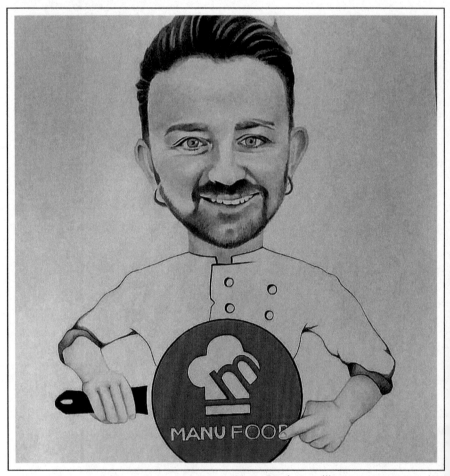

Manu Food, pastelli e penne su cartoncino

Cinzia, pastelli e penne su cartoncino

Vincenzo De Luca, pastelli e penne su cartonci

Padre e figlio, pastelli e penne su cartoncino

Luca Argentero, matite su cartoncino

Rocco Hunt, pastelli e penne su cartoncino

Luca Trapanese, Alba e il gatto Giorgio, pastelli e penne su cartoncir

Caricatura di Giacomo, pastelli e penne su cartoncino

Caricatura di Domenico, pastelli e penne su cartoncino

Caricatura di Roberto, pastelli e penne su cartoncino

Caricatura di Simona, pastelli e penne su cartoncino

Consegna del logo di Stabiesi Al 100% Castellammare di Stabia con Genny Manzo

Ritratto di famiglia - pastelli e penne su cartonc

Cristiano e Raja - pastelli e penne su cartoncino

Illustrazione della copertina del libro "*Chiedi alle fiamme*"

2.La Fotografia

Preso il diploma, approdai all'Accademia di Belle Arti di Napoli, dove l'arte continuò ad affascinarmi assumendo la forma della fotografia.

Mi lasciai alle spalle gli anni dell'adolescenza per iniziare una nuova fase artistica e di vita in cui tutto sembrava pulito, innovativo e... rassicurante. Barone Aniello, docente di fotografia, sociologo e criminologo, fu il lazo che mi trascinò in quel mondo di istantanee immortali.

Le sue lezioni mi affascinarono a tal punto da portarmi ad abbandonare per un po' i ritratti, e a scoprire ciò che pian piano si stava materializzando dinnanzi a me, dietro al quale non si nascondeva solamente la storia della fotografia, ma una vera e propria indagine psicologica, dove traspariva l'essenza veridica della fotografia stessa, un po' come faceva Margaret Mead, grande antropologa americana.Una mattina, soffocando un moto opprimente di timidezza, mostrai alcuni ritratti al professor Barone, il quale, dopo un'attenta osservazione, mi disse che ciò che riuscivo a partorire con i ritratti, ovvero le emozioni riflesse, potevo farlo anche con la fotografia. Imparai, così, che un semplice scatto poteva rappresentare una perfetta occasione di riflessione.

Mi imbattei in "*La camera chiara*" di Roland Barthes, un saggio sul tema della fotografia che feci mio, in cui Roland stabilì due punti mediante i quali uno spettatore poteva usufruire di quell'oggetto così sottile: il *punctum* e lo *studium*.

Il primo si identificava con l'aspetto emotivo, dove lo spettatore in modo del tutto irrazionale veniva colpito da un dato elemento dello scatto; mentre il secondo si uniformava con l'aspetto logico, dove lo spettatore si poneva delle domande sulle informazioni che la foto gli forniva. Tuttavia, Aniello Barone non fu l'unico insegnante dal quale trassi ispirazione. Mario Laporta, professionista internazionale, il quale ci fece svolgere anche alcune lezioni presso Kontrolab di Napoli, agenzia per cui lavora tutt'oggi, e presso Palazzo Zevallos di Napoli, dove ci fece realizzare diversi lavori fotografici, fu fonte inesauribile di esperienza, soprattutto per quanto riguardava il corso di fotogiornalismo.

Le prime volte sul campo furono ricche di paura e di impaccio; non riuscivo ancora ad acquistare sicurezza in me stessa. Poi, una sera, io e una mia collega andammo a via Chiaia per realizzare un reportage su Caravaggio, La passione, uno spettacolo di musica e danza presso il teatro San Carluccio, e ciò che vissi mi diede la spinta necessaria per poter credere nelle mie capacità.

Luci rosse e blu facevano da sfondo alla coppia di attori protagonisti che si intrecciavano in un tango sensuale e affascinante, mentre il suo ritmo mi seduceva l'udito, e un moto di trepidazione correva lungo la pelle. A spettacolo concluso, conoscemmo gli artisti tra cui Manfredi Gelmetti che ci chiese di inviargli le foto da noi scattate, e una mia di esse fu scelta per la realizzazione delle locandine di altri due suoi spettacoli. L'emozione che provai fu sorprendente. Iniziai a convincermi che non vi era più spazio per la timidezza e per il complesso di inferiorità, perché i sacrifici e la passione con cui agivo a nome della mia arte riuscivano a ripagarmi.

Vissi altre esperienze degne di nota, come quando Gianni Fiorito portò noi studenti a casa di Alessio Buccafusca, altro grande professionista, lasciandoci inermi dinnanzi alla bellezza che la raffinava. Buccafusca ci raccontò la sua carriera artistica, alcuni aneddoti e svariati consigli, per poi invitarci a fotografare Virginia de Masi, ballerina di danza classica anch'essa invitata quel giorno.

Indimenticabile fu la lezione di fotografia a casa di Luciano Ferrara, uno dei maggiori fotoreporter italiani. La sua era, non solo una residenza, ma anche uno studio, un archivio, un museo, un rifugio magico, insomma, dove la potenza della fotografia regnava sovrana.

Decisivo per la mia autostima fu l'evento di moda, avvenuto malauguratamente il giorno dopo la morte di Laura Biagiotti, intitolato *"Moda all'ombra del Vesuvio"*, in Villa Signorini a Ercolano, e curato da Annabella Esposito, dove fui incaricata da Francesca Scognamiglio, mia professoressa dell'accademia, e anche giornalista e conduttrice, di raccontare, tramite la fotografia, il talento dei giovani futuri stilisti, e non solo. Intervistai anche Enrico Inferrera, imprenditore, Presidente di Confartigianato di Napoli e ospite della serata, passando poi a Gabriele Buonomo, stilista vincitore della precedente edizione dell'evento. Osservavo intorno estasiata, catturando dettagli, espressioni, colori, forme; mi sentivo vicina ai nomi importanti, dai quali tentavo di assorbire il più possibile.

Quando, oggi, mi capita di dare un'occhiata ad alcuni miei vecchi reportage, mi ritorna in mente la voce di Luciano D'Alessandro, fotografo e giornalista italiano, al quale feci una piccola intervista, trovandomi poi con il rimpianto di non averlo potuto conoscere, causa la sua morte.

La Passione di Caravaggio, teatro San Carluccio di Napoli

Luciano era un animo nobile, da quel che potei ricevere nono- stante ci dividesse un apparecchio elettronico, e riuscì a trattare un tema molto delicato con tatto e professionalità, ovvero i manicomi.

"Gli esclusi" fu uno dei suoi lavori che mi colpì maggiormente, perché documentava le orribili condizioni in cui versavano i pazienti all'interno degli ospedali psichiatrici. Da qui mi venne l'ispirazione per "Raggio di sole", progetto fotografico della mia tesi

specialistica in fotogiornalismo in cui lasciai emergere il contesto dei centri per anziani e per disabili. La fotografia mi dà tanto. Se nei ritratti lascio riflettere le emozioni di altre persone, negli scatti permetto di farlo al mondo, e so che, nonostante il vuoto che mi porto dentro, c'è qualcosa che arde.

La Passione di Caravaggio, teatro San Carluccio di Napoli

La Passione di Caravaggio, teatro San Carluccio di Napoli

La citazione di Yves Klein non può che esprimersi al posto mio: *"Il vuoto è sempre stata la mia preoccupazione essenziale; io sono sempre ben sicuro che, nel cuore del vuoto come nel cuore dell'uomo ci sono dei fuochi che bruciano."*

"La Passione di Caravaggio", locandina

Titti Marrone in occasione della *giornata della memoria*, Scafati

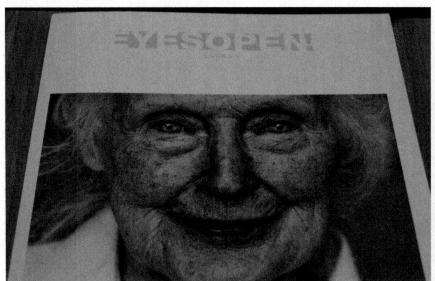

Presentazione della rivista *"Eyesopen"*, Accademia di Belle Arti di Napoli

Shooting fotografico, Napoli

Shooting fotografico, Nap

Shooting fotografico, Napoli

Shooting fotografico, Napol

Ph Veronica Aquino

Shooting fotografico, Napoli

Shooting fotografico, Nap

Shooting fotografico, Napoli

Virginia De Masi, Napoli 2016

Ph Veronica Aquino

Virginia De Masi, Napoli 2016

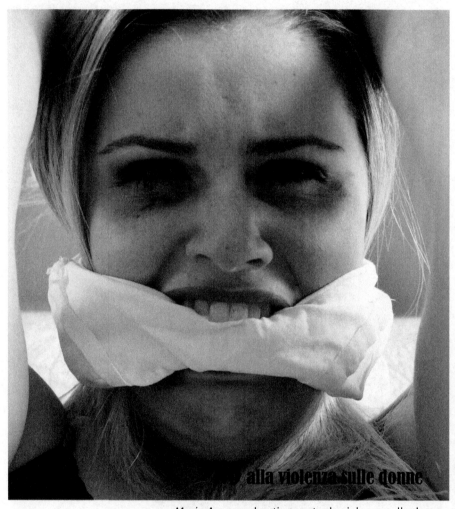

Maria Apuzzo, shooting contro la violenza sulle donne,
Castellammare di Stabia (Na)

Luigi De Magistris, Chiesa di Santa Maria La Nova,
Napoli 2016

Giuseppe Conte, Amministrative Comunali, Pistoia 2022

Roberto Saviano, "Dialoghi di Pistoia" 2022

Firmacopie con Roberto Saviano, "Dialoghi di Pistoia" 2022

Presentazione del libro "*Le madri non dormono mai*",
Lorenzo Marone Pompei (Na) 2023

Firmacopie con Lorenzo Marone Pompei (Na) 2023

3.I Dipinti

I ritratti, la fotografia, costanti indispensabili dei miei giorni, alle quali si è aggiunta, inaspettata, quella dei dipinti. Una fase ancora in crescita, sentivo il bisogno di sperimentare nuove tecniche e permettere al mio universo interiore di proiettarsi all'esterno e vivere un'arte a tuttotondo. Tentavo di ritornare alle origini per trovare quella me sbiadita dal tempo, ridefinendo un' identità ammaccata ma che si nutre di resilienza. Posso affermare che la fase dei dipinti, cresciuta grazie alla figura di Bianca, persona alla quale devo molto, è nata contemporaneamente al ritorno della passione per il disegno e per il ritratto, abbandonati per dedicarmi alla fotografia, per sperimentare nuove tecniche, ma soprattutto è nata come un nuovo modo di comunicare il mondo che porto dentro. Quando penso alla mia immagine di artista, mi viene in mente quella contemporaneità tipica degli anni '50 e '60, dove l'artista interrompeva l'arte da cavalletto per concepirla a 360°.

Per un po' temevo che non fosse stata la scelta giusta, ma la prova del contrario mi venne data da "STABIESI AL 100%", una pagina Facebook per la quale creai il logo, dove gli amministratori accolsero la mia creatività con grande entusiasmo, e mi resi conto che le mie mani, la mia mente, il mio cuore potevano partorire qualcosa che realmente rendeva felici gli altri, e ciò arricchiva la mia stessa visione professionale.

E se dovessi pensare a quale potrebbe essere il mio segno distintivo, mi verrebbe da affermare che sia l'imprevedibilità: passo dal ritratto al dipinto, da quest'ultimo alla caricatura, ancora da questa alla fotografia. Forse, ciò è dovuto al fatto che il mio processo di creazione è alquanto bizzarro, ovvero realizzo una serie di autoscatti per avere la possibilità di scelta sulla posa che ritengo idonea per trasferirla al supporto, e, successivamente, do il via a una ricerca di simboli o forme che possono rendere al meglio l'idea che aleggia nella mia testa. Di eguale importanza, inoltre, è lo studio dei colori, quasi sempre improntati sul rosso, sul bianco e sul nero. Nel primo vedo, non soltanto il sentimento convenzionale dell'amore, ma anche ciò che l'essere umano ha sottratto a se stesso per concedersi all'umanità; nel secondo trovo un senso di annientamento della persona; infine, nel nero scorgo l'elaborazione del lutto e della sofferenza dell'uomo. Tutto questo perché l'ispirazione mi vien data dal mio vissuto. Osservo il contorno che mi cinge e lascio che i miei occhi d'artista si posino sulle espressioni, sui movimenti, sui colori delle persone, dandomi l'opportunità di immedesimarmi in loro. Diverse volte, in treno, mi sono imbattuta in donne che piangevano senza curarsi degli sguardi indiscreti, per poi tornare a truccarsi e alzare il viso e riprendere in mano la forza.

L'ispirazione mi arriva sempre grazie alle impressioni che mi vengono offerte dal mondo, e, se devo dirla tutta, anche dalle creazioni di altri artisti. Adoro imparare, studiare nuove tecniche di rappresentazione e, in particolar modo, ciò che riesce a catturare il mio interesse è la velocità di esecuzione. Il tempo, a mio avviso, è fondamentale, soprattutto quando si è spinti da una forte carica interiore, la quale si appoggia anche alla mia scelta dei materiali. Quando realizzo un lavoro mio personale, mi piace spaziare con la tecnica e non utilizzo mai lo stesso materiale; infatti, spesso e volentieri, per i dipinti adopero gli smalti, usati anche per la decorazione di serrande, perché mi piace molto la lucentezza che donano all'immagine.

Adoro Klein con le sue pareti spennellate di bianco per sperimentare il vuoto, la pittura d'azione di Pollock, i tagli d'azione di Fontana, le performance degli anni '60 accompagnate dalla musica. Nonostante sia legata all'espressionismo di *Munch*, e al Surrealismo dove prevale il concetto di inconscio, cerco in tutti i modi di generare un'arte a 360°.

Per me qualunque supporto – dalla tela al cartonato, dal foglio al giornale eccetera – è come uno specchio dove ognuno può riflettersi; ci si può soffermare sulla superficie come lo *studium*, oppure ricercare il *puncutum* e lasciarsi pungere dall'emozione. Dipingere mi ha aiutata a rinascere; gioie e dolori fanno parte di un passato che ho incastrato su tela, in particolar modo durante il periodo di quarantena, realizzando una serie di dipinti che ho intitolato *"Stati d'animo ai tempi del Covid-19"*, e con i quali ho partecipato al *videozine* culturale "L'arte resta in pigiama" di Ferdinando Sorrentino.

La serie ha ottenuto grandi apprezzamenti anche da *"Dantebus"*, un social network che si attiva per scoprire nuovi talenti. L'arte è sempre stata la mia amica fedele.

"La pittura è una professione da cieco: uno non dipinge ciò che vede, ma ciò che sente, ciò che dice a se stesso riguardo a ciò che ha visto."

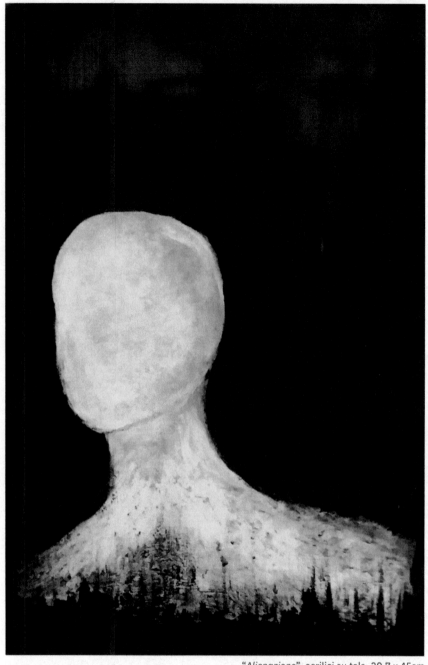

"*Alienazione*", acrilici su tela, 29.7 x 45cm

La tela esprime l'annientamento dell'identità dell'essere umano, attraverso il rosso, il nero e il bianco: quest'ultimo lo snatura totalmente su uno sfondo nero e rosso, che richiama a un passato ancora vivo in un tempo presente.

"Stati d'animo", acrilici su tela, 50 x 35cm

La tela è ispirata al quadro di Munch *"Malinconia"* ed esprime uno stato d'animo dell'artista raffigurato in basso a destra.

"Stati d'animo ai tempi del covid-19",
acrilici su giornale, 60 x 84cm

Il dipinto esprime lo stato d'animo dell'essere umano, dovuta al covid-19. La pennellata nera verticale dall'alto verso il basso, esprime la profondità del lutto e della sofferenza.

"Stati d'animo ai tempi del covid-19",
smalti su giornale, 60 x 84cm

Il dipinto raffigura l'identità femminile dell'artista, attraverso un'indagine conoscitiva interiore che si risolve nella verticalità della pennellata.

"Stati d'animo ai tempi del covid-19",
smalti su giornale

Il dipinto raffigura la mutazione e la rinascita del corpo dell'artista, attraverso una vivacità dei colori e una rapida pennellata.

"Stati d'animo ai tempi del covid-19",
smalti su giornale

Il dipinto esprime l'esaltazione dello stato d'animo dell'artista, attraverso lineamenti sottili e l'introduzione del blu, che insieme al rosso ne fa da sfondo.

"Stati d'animo ai tempi del covid-19",
acrilici su cartonato, 85 x 142cm

Il dipinto esprime la staticità dell'artista, dovuta al covid-19. Il bruno del corpo, indica il luogo destinato agli organi vitali dell'essere umano tra cui il cuore, messo in risalto dal seno in rosso: in quel punto l'artista aveva previsto la presenza di una tipica mascherina anti-covid, sostituita in fase finale dall'utilizzo del colore rosso.

"Stati d'animo ai tempi del covid-19",
acrilici su giornale, 60 x 84cm

Il dipinto esprime la commiserazione dell'artista verso l'umanità cattiva,
attraverso una rapida esecuzione dell'opera.

Il dipinto celebra la forza e la lotta alla sopravvivenza dell'artista. Il soggetto si accosta alla fisionomia del Vesuvio: l'esecuzione del lavoro si risolve ancora una volta con la triade cromatica rosso-bianco-nero.

"Inferno", smalti su cartonato, 75.5 x 15

"*Eternità*", acrilici su carta 1mx1,20

Il dipinto raffigura l'eternità dell'anima, un ripercorrere ad occhi chiusi il viaggio eterno dell'uomo, dopo l'esistenza terrena.

"Il bacio", acrilici su carta, 50 x 70cm

Il dipinto incarna l'intimità di un bacio, avvolto da nuvole di pennellate su uno sfondo rosso passione.

"La cura", smalti su cartonato,
88 x 129cm

Il dipinto è ispirato a una canzone di Franco Battiato "La cura"; esso raffigura l'incontro tra due mondi paralleli tra l'artista e Bianca, sua amica e ispiratrice.

"*La lotta*", smalti su cartonato, 91 x 134cm

Il dipinto è ispirato al quadro di Munch "Madonna" e raffigura una lotta dei sessi tra l'uomo e la donna.

"*Terra mia*", acrilici su tela, 40 x 60cm

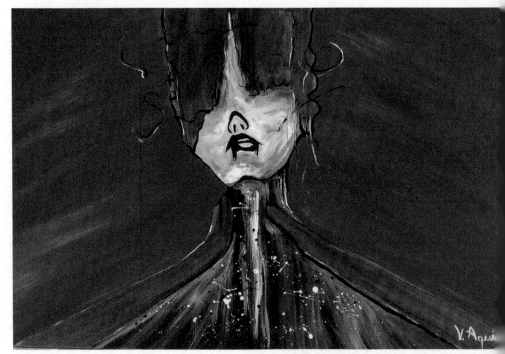

"Donna Napoli", acrilici su tela, 40 x 60

I dipinti raffigurano il legame alla propria terra e le origini dell'artista.

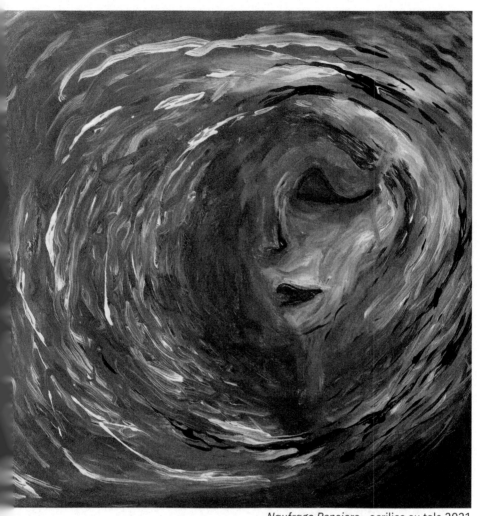

Naufrago Pensiero - acrilico su tela 2021

Presentazione del libro "Le finestre dell'arte", Pompei Lab 2022

Presentazione del libro "*Le finestre dell'arte*", Teatro Cat
Castellammare di Stabia (NA) 2022

Mostra "*A Margine*"- Palazzo Lancillotti Salerno
Casalnuovo di Napoli 2022

Collettiva d'arte "*Rinascere si può*" - Positano 2022

Scatto con *Nando Sorrentino* curatore d'arte presso la collettiva
"Rinascere si può"- Positano 2022

Scatto con l'artista *Domenico Sepe* presso la collettiva d'arte
"Rinascere si può"- Positano 2022

Collettiva d'arte "*Rinascere si può*" - Palma Campania 2023

Collaborazioni artisti
Illustrazione di copertina ArtVeronica Aquino , Libro "*Chiedi alle fiam*
Idea dello scrittore Stefano Reg
(AA.VV Betti Editrice - *I Libri di Mimoracem* 2C

Collaborazioni artistiche
Illustrazione di copertina ArtVeronica Aquino , Libro *"Chiedi alle fiamme"*
Idea dello scrittore Stefano Regolo
(AA.VV Betti Editrice - *I Libri di Mimoracem* 2023)

Conclusioni

Scrivere della mia arte, e racchiuderla in poche pagine mi sembrava un'impresa ardua. Per settimane sono rimasta davanti al foglio elettronico bianco in attesa che la stessa ispirazione per la pittura arrivasse sotto forma di parole.

E poi, tutto d'un tratto, ripensando ai miei trent'anni, ho iniziato a tamburellare le dita sulla tastiera e a dare forma e consistenza agli amori, alle relazioni, agli abbandoni, ai successi e agli insuccessi che hanno maturato il mio cammino. Perché? Sentivo la necessita di partorire il mio vissuto artistico, e non è un caso che io usi la parola "partorire". I trent'anni, per una donna, rappresentano, secondo me, gli anni dei progetti futuri, della realizzazione professionale e di quella personale, e questo Libretto artistico che ho voluto creare, personifica la prima tappa della mia vita. Infatti, ciò che vorrei far emergere da queste pagine, oltre a mostrare il mio lavoro e il mio amore fedele per l'arte, è il desiderio di poter trasmettere il messaggio che in qualsiasi momento della vita, si ha la possibilità di ricominciare da noi stessi, perché siamo la risorsa più potente di cui disponiamo.

Infine, vorrei ringraziare Bianca. Senza di lei non sarei mai riuscita a ritrovare me stessa.

Printed in Great Britain
by Amazon